U0127138

文上

元修撰王思誠《重修文廟碑記》 至正六年

孔子之道，與天地準，雖二帝三王無以侔，故歷代靡不尊崇爵號，嚴飭祀典，薄海内外，在在皆然，况近者乎？檀州，漢白檀郡，魏密雲縣，今爲畿近地，供億繁夥。其於文教，宜若未遑，而爲州者能以飭廟興學爲務，其知本哉！

州舊有孔子廟，毁於金季兵。至元二十八年，知州楊璉等割俸緡，即州治東市民宅重構殿宇，爲堂三楹，兩廡四楹，以栖聖賢。迄今五十

載，寖以傾圮。

至至元當是至正。六年，太原聶侯用之由行唐尹管巡院使來守是州，拜謁祠下，顧瞻荒陋，慨然以修復自任。退而謀諸監州買住及同知伯顔、判官崔克敬，同詞一諾，共割俸鈔爲衆倡。州中有好義者，翕然出貲以助。於是，斬木於山，陶甓於河，鳩工不日，悉撤其故堂，崇其基，宏其度，爲殿三楹，葺兩廡，增其楹爲六。創神庖。若大成殿、戟門、齋舍，仍以故堂廢材。又爲築講堂及教官

宅、碑樓，共十三楹，繪塑一新，金碧光耀，視昔爲有加矣。侯之致力，不惟是州爲然。其在行唐，亦新三皇、孔子廟及醫、儒二學。憲使孛木魯翀刻詩於石，以頌其德。

檀學之興，經營於三年之仲春，再越期而落成。集賢學士揭奚斯、監察御史崔帖木兒普化匾額於殿堂之上。聶侯又欲勒石以紀歲月，命學正宋文佐以文爲請。遂爲書其始末，係以詩曰：

白檀之樞，昔爲邊隅，厥俗於荒，罔習於儒。今爲内甸，密邇神都，郡黌攸設，文教斯敷。明明聶侯，説禮敦書，眷兹孔廟，湫隘庳疏。乃即同官，載詢載謀。悉撤其故，恢宏其模，完敞益新，輪如奐如。法庭植植，邃宇渠渠，有宅其師，有庇其徒。巍巍聖道，洋洋嘉謨，允迪惟哲，罔念則愚。嗟嗟士子，惜此居諸！學古入官，復厥性初，作與時偕，身與道俱。此惟聶侯，德化之濡，在漢文翁，异世同符。太史作頌，以永終譽。爰告後政，勉循令圖。

明翰林院編修趙昂《重修龍興寺碑記》 成化十年

密雲，古白檀郡。龍興寺，在唐初鄂國公尉遲敬德之所監造也。寺之創始固久，而中之興廢不一。今鎮守邊帥王公榮鳩工庀材、勸義率善而重修之。殿宇廊廡，次第告成，金碧交輝，設像逾故。郡之人凡有禱私獲酬瞻歸，而往來客使是棲是伫，莫不偉王公之善於集事也。

夫王公蓋有所本矣。尉遲敬德，將之良、勇之特，功之茂而用武之元也。王公師其爲常，扼敵之吭、吮敵之血、殲敵之我仇者累矣！今取敬德之遺迹而重修之者，欲企夫敬德上爲國家樹元

功、固保障、重邊陲、絶窺覘，且期藉佛氏教祝天子萬年，壽吾民安生，福於無窮也。大矣哉，公之志乎！時協公始謀者監軍中貴吴中雄、許公常相率衛縣而爲樂助焉。

抑聞是寺占地之勝，白檀環其左，紅螺峙其右，香徑山屏其前，萬花臺倚其後，冶塔奇卓，鬱爲杰觀。由兹以往，則王公之永譽，其不與寺相爲終始？其功業又不與鄂國公相爲昭著乎？是爲記。

明禮部尚書周洪範《楊令公廟

《碑記》 成化十八年。自明以後,凡屬一事而有數文者,皆以類相從,以便閱者。

威靈廟在密雲縣古北口城北一里,祀宋贈太尉、大同軍節度使楊公者也,蘇轍詩云「行祠寂寞寄關門」者是已。洪武八年,太尉徐公達重建,至今百年,日就傾圮。成化辛丑,鎮守左監丞許公常、都指揮王公榮圖與重葺,請於朝。敕賜今額,令每歲從宜設祭。既而,遣人來,求筆其事於石。

按:

《宋史》本傳,公諱業,并州太原人,幼倜儻任俠,善騎射,所向克捷,國人號爲「無敵」。太宗征太原,公勸其主斷元降。帝遣中使召見,大喜,寵以連帥,授之兵柄。會契丹入雁門,公領師數千騎,自西京出至雁門北口,南向背擊之,契丹大敗。以功遷雲州觀察使。自是,契丹望見公旌旗即引去。

雍熙三年,大兵北征,以忠武軍節度使潘美爲雲應路行營都部署,命公副之。連拔雲、應、寰、朔四州,詔遷其民於内地。時契丹復陷寰州。公謂美曰:「朝廷令取諸州之民。但領兵出大石路,先遣人密告雲、朔守將,俟大軍離代州日,

領雲州之衆先出。我師次應州，契丹必來拒，即令朔州民出城，入碣石谷。遣强弩千人列於谷口，以騎士援其中途，則三州之衆保萬全矣。」護軍王侁阻其議，欲趨雁門北山中，鼓行而往。公曰：「不可，此必敗之勢。」侁曰：「君侯素稱無敵，今逗撓不戰，得非有他志乎？」公曰：「業非避死。蓋有不利，徒令殺傷士卒，而功不立。今君責業以不死，當爲諸公先。」將行，泣謂美曰：「此行必不利。」因指陳家谷口曰：「諸君於此張步兵强弩爲左右翼以援，俟業轉戰

至此，即以步兵夾擊救之。不然，無遺類矣。」美與侁陣於谷口，後違約失援。公與遼兵力戰，自午至暮，果至谷口，望見無人，即撫膺大慟。再率帳下士力戰，身被數十槍，猶手刃數百人。及身受重傷，不能進，遂爲契丹所擒。其子延玉亦歿。公太息曰：「上遇我厚，期討賊以報，而爲奸臣所迫以敗績。」乃不食，三日死。帝聞之，深爲痛悼，下詔贈官，賜其家布帛千匹、粟千石，録其子延祚、延朗爲崇儀副使，延訓爲供奉官，延環、延貴、延彬爲殿直。潘美削職三等。王侁除名，隸

金州。

嗚呼！公忠烈武勇，有智謀。練習攻戰，與士卒同甘苦，故士卒樂爲之用。谷口之敗，先已灼見其機，而爲群小所壞，良可悲矣！然而忠義之氣，凛然猶存，此今日廟貌之所新也。余故詳摭史氏之説，以告欲知公遺迹者。

明兵備僉事張守中《楊令公廟碑記》 嘉靖四十三年

嘉靖四十二年十月，予叨兵備，偕郭公經略邊事，過古北西門，公曰：「此楊無敵廟也。」祇有一殘碑、一杏樹見存，廟貌盡無。觀此荒蕪

之狀，遂思將軍在當時隨兵所向無敵，八子爲將，又皆并雄於時，而六郎延環之功至今赫赫，故父子忠良，爲宋首稱焉。嗚呼！將軍廟雖荒圮，而忠良至性，數千百年猶存於人心。

讀殘碑所載，知公到危亡之地，心猶不忍背君恩。浩浩然激昂之氣，可與天地并存也。夫千載之下，聞公之事，尚愛慕如是，何潘美、王侁致公於死耶？果今古之人，心有不同歟？夫君子同之，而小人不同也。何哉？人一也，有天理之心，有人欲之心。君子所存者天理，見忠良則愛

敬之；小人所存者人欲，見忠良即妒忌之。當時有一潘美、王侁同行，此公之所以必危也。若太宗以曹彬爲雲、應、朔等州都部署，以公副之，斜軫雖强，必從公計，先避其鋒，或不得已而約援於陳家谷口，彬必不肯失約而離去，公如何以危哉？公之危，非公之不善於戰，乃不幸而遇王侁之小人。觀其使人登邏臺不見業報，即疑契丹敗走，欲争其功，乃引兵離峪口，此其心之所存趨利誤國、忌功害正，人欲横流，故所爲如是也。潘美即知王侁有去志，而肯堅制之，挽其不行，候業戰至此，而并力張威以夾擊，則業之成功未可知耳，何至失於敗耶？潘美不肯堅制王侁之去，亦皆妒忌之心、人欲爲之也。

公將危之際，太息曰：「上遇我厚，期討賊捍邊以報，而反爲奸臣所迫。」又不曰致己之死，而曰致王師敗績，此其心之所存臨難不違君，雖死不忘國，天理昭昭，故所爲如是。當此之時，麾下之士尚有百餘人，感激公義，於契丹背戰，無一生還者。非公忠義之操素乎於平時，焉能臨難而感人如是乎？

守中與郭將軍嘉公之義，仍舊址復立公廟。築地基丈餘高，周圍砌以石墻，高丈五尺。磚爲門於前，内立正殿三間，塑公之像，後爲堂三間、廂房六間、門樓一座、守廟軍房三間，俱爲堅緻。重新春秋二祀，以表公父子忠良之節。工起於四十三年五月初一日，至十一月竣。郭公名琥，陝西人，亦君子存心者乎，時爲古北副將軍也。

明户部左侍郎邵寶《潮河川石墻記》正德七年

潮河川，古北口邊關也，其險以水。關之北，舊爲弃地，今司空湯陰李公燧昔以亞卿兼御史中丞經略諸邊，始作石墻，爲固外限。川流其中，與墻相際。墻内之東南有堡，以居戍卒，號曰新營。君子謂疆圉之守，於斯爲固。然是堡去川纔數百步，歲六七月，沙漠諸水奔放突決，堡受衝激，居民不寧，牧耕兼病。敵惟不至，至則罔禦。

正德辛未春，御史中丞李公貢以整飭之命來視，欲終司空公之功。乃謀於分守太監吕公安暨副使朱君瀶、參將張君縉。循川之東壘爲南北墻九十八丈八尺，又折而背爲墻六十五丈，屬於山麓，約川南流，以絶敵徑。參將章君承委督視，尤

竭心力。蓋自始事暨訖，工不越四月，爲費白金六百兩。人以其工之易也，竊相謂曰：「是何足爲有無哉！」及大水至，遇墻而止，又相謂曰：「壯矣哉，是墻之爲力也！」水不我遺害，而我設險。今而後，雖有敵，其若我何？

分守以下諸君子樹石川上，用紀功績，以示久遠，謂：「寶和公使來請銘。公學通古今，才高宇内，故雅望隆中外，此實未足盡。公而亦不可指爲細事也。乃作銘曰：

「維石斯墻，金城湯湯。横流溢川，是距是當。勿我毁傷。〔注一〕誰其作之？曾不可忘。人謂中丞，斯堤斯防。自南自北，復東復西。尺度有稽，惟川是依。不我爲壑，固哉山溪。誰其爲之？自我則夷。川爲恒流，弗墻何害！突公來斯，德業斯在。司空之遺，中丞之載。中丞受命，固我北門。備預有武，綏懷有文。耆歌童謡，擴我見聞。墻哉墻哉，其將永存。」

明翰林院編修童承叙《重修古北口仓碑記》 嘉靖十三年

燕以北皆崇山複嶺，綿亘蔽虧，爲中外界。

〔注一〕「勿」上，有脱文。

守者因險隘加斥堠焉，故代爲要塞重徼。明興，定鼎於燕，地切窮廬，東西兩關，岐若門户。而古北口控兩關中，崖壁崎峭，道路厄狹，距都城不二百里，視前代尤要且重。

國初，中山王因山而城，置帥列兵，其戍加嚴。復設倉貯粟，歲遣地官尚書出納之。而乘障守陴常數千人，皆仰焉，故饋餉取給，士飽馬騰。後法制稍弛，食廪多廢不治，於是儲積頗後，支放愆期，材官騎士時有饑色矣。嘉靖甲午，主事鄭君奉命視密雲倉，首厘蠹敝，奸猾斂迹。乙未春，行邊至古北口，顧其倉圮，謂將士曰：「是地天險，而不爲軍需計，非人和也。吾其敢後？」乃鳩工飭材，盡撤其舊而新之。前爲門，中爲堂，餘爲廒，統于若楹繚以周垣，制度宏敞，加礱密矣。經始於春，迄工於夏，君復至而落成焉。出者、納者、挽輸者、告給者，無不稱便。邊徼亭障，隱然增氣動色矣。

前秋官主事、密雲祝君樂其成也。走京師，告史氏，叙曰：「鄭君操約而才富，大司徒常器重之。是役也，土石則以營卒赴支者遞舁之，材

木則市以羡粟，饋食則供以贖金，官不費而民不擾，可不謂才乎？」史氏曰：「豈惟才哉？自文皇帝時，徙太寧三衛，當路以羈縻，置邊事不問。今君獨汲汲爲軍需計。其亦有深憂至謀、恒情所不及者乎？是可以知其誠矣。使君典兵樞、司邊籥，必能長駕遠馭以紓廟堂之憂，而余尤有望也。」祝君曰：「然。請記之。」

鄭君名觀，字汝中，河南光州人也，乙丑進士。父選，歷官知府。兄坤，監察御史。蓋名家云。

明翰林院修撰陸泰《石匣營新建石城記》嘉靖四十五年

石匣隸密雲縣，去縣治六十里許，地形平衍，土脈隆厚。自成祖擴疆以來，民之居是者率狎於耕鑿，守在四境，不城不隍，龐無夜吠。以故，訏謨樹畫之吏相與安之，而未始議城事。

至弘治甲子，巡撫洪公忠閲勢度形，以此地東、西、北距邊不五六十里，去京百八十里，殆烽燧之交而邊邑之藩籬也。值時方隆熙，刁斗不驚，故民獲保無虞。萬一敵騎奄至，將安所守

乎？乃經維揆度，始建爲土城，方四里餘，內設倉場，名曰石匣營，俾民守之。然規模雖具，而爲制卑薄，不堪守禦。嘉靖戊申，孫公巡撫其地，復少增高厚，列以垛口，添設游兵三千人，而統之以游擊將軍，專領營事。數十年來，民獲嘻嘻於樂業者，皆二公成城之功也。

至庚戌，敵大舉內侵，自古北口入。癸亥，又自墻子嶺，皆通經兹城。患至劻勷，民方凜凜，幸而賴有是城以爲屯守，閉門乘墉，備以馬步，捍以矢石，兼之敵無門志，乃竟收保無恙，然亦阽於危矣。

乙丑歲，兵憲大石張公議曰：「石匣三面距邊，翳城是庇，而累土爲之，易於圮齧剥蝕，則非可恃以爲固矣。即如庚戌、癸亥之變，敵或以數千騎頓之四隅，是城庸足捍乎？民之不醢爲魚肉者，幾希矣！無石匣，是無密雲也，又推而內地可得安枕而卧乎？矧飆舉鳥集，動以倏忽者，敵之恒情。既不能挽强執鋭以禦其來，計惟增築石城以守耳。」於是請於總督帶川劉公，而報可焉。區畫兵備張公、游擊方公協衷贊議。若

太學諸生馬天倖、黄應時、趙梁等，因述而記之。

明按察副使劉效祖《重修密雲縣碑記》 萬曆六年

密雲縣治，舊傳土物，仍勝國之舊。入國朝，屢增葺之，迄今二百餘年。傾倚枝拄，不足以肅臨民之體。且東西二署廢，不知何時。至今，丞募君僦，代舍以居。

萬曆元年，明府益都邢君玠來視邑事，慨然念之，顧以材詘民窶，私議諸心，未誦言也。會制府奉乘障之役，諸戲音麾下營帥俱有羨材，於是邢君請以濟。凝度，又以舊額稍隘，西闢地四畝足之。工起萬曆元年十月，鼛鼓將撤，邢君以召去。

代君爲諸城張君世則，雅與同志，甫下車，即不憚度視之勞，計其圖表。則重門以内爲正堂，爲牙宇，左右爲掾舍；又左爲丞牙，前爲土地祠，爲庾爲廄；又右爲幕牙，前爲獄神祠，爲囹圄。門以外，左爲惠民局，爲旌善亭、申明亭；右爲供饋房以及隈除廡墄，靡用不具。且復審於程量，緩其徒庸，閱三載而始告成焉。

丞霍邑張君永晏、幕廣豐游君恢閑請予言，以記二君功德。余不佞，竊謂：「古之長民者，

必有城郭、宮室。城郭所以蓄衆庶，宮室所以衛官師。要之，不可一缺略焉。密雲自制府駐節，城郭屢爲之增飾，而又建新城，相峙不尺五，蓋儼然稱岩邑矣。獨縣治日就傾落，往受事者無能爲興起。假令二君亦復因仍舊貫，則天生民而立之長，使司牧之，豈其作藁蓋廡以赧然於上，而無宮室具瞻之地乎？必不然矣。以是知二君之有事，誠非消功單賄以興不急之務者。昔魯叔孫所舍雖一日，必葺其墻屋，去之日如始至。唐房綰所在多繕治廨舍，頗著能名。以二君相較，古今人豈不相及哉？且二君即有事，猶云自爲者多。至如諸營帥聞二君之舉，資畚插者、具餱糧者、運瓴甓者、載楯檻與榱橑者，皆樂爲助，與視不啻己舍，斯其好義急公、俾君子攸寧者，其功德詎出二君下也？《詩》曰『知子之來之，雜佩以贈之』，諸營帥有焉；『之子於垣，百堵皆作，雖則劬勞，其究安宅』，其二君之謂乎！」余不佞，頃受廛茲邑，得習諸君而躬親睹記，故以是復永幕君之請，俾礱石識歲月云。

明刑部尚書劉應節《新建重城記》 萬曆六年

昔先王以城郭溝池之備，責諸掌固，惟曰：「遏劉捍難，以定王國，以康兆民。」《易》之《坎》曰：「王公設險，以守其國。」是故，城以資險，險以資守，誰能廢之？ 在周宣盛時，仲山甫以上卿有築齊之役，詩人爲歌《蒸民》之章。比玁狁孔亟，則命南仲往城朔方，詩人於是賦《出車》，而以攘夷歸功焉。 要之，自古圻甸要荒皆有城，故《春秋》有城必書，有築必書。然而，以中原視邊陲，則邊重；若設鎮畿輔，以屏內翰外，則視邊陲爲尤重。

我祖宗神武布昭，廓清沙漠，百數十年。 嘉靖中葉，專設大臣一員，督鎮薊門，駐節密雲縣治。 夫密雲爲古檀州，今蕞爾邊邑耳，城郭湫隘，不足以容畜民庶。 予前承乏茲役，將卜地東偏，建一連城而未果也。 乃關中晴川楊公來謀之鎮撫、監司諸君，毅然舉事。 叢土命日，計徒庀材。伐石於山，陶甓於野，畚插取之軍丁，餱糧請自帑藏，毫髮罔干於有司。 肇工萬曆四年，逮五年而訖事。 計城高三丈五尺，闊二丈，周圍一千一百七十九丈。 甃以磚石，深其隍塹，樓櫓門闑，飛檐

巘堞，巍然稱雄鎮矣！

夫密雲西拱金陵，與居庸、紫荆相爲犄角，北臨古北，東控漁陽，西南則爲潞河，萬艘并下，國計攸關，此要害之地也。今者崇城百雉，層臺數尋，以畜衆則士馬雲屯，以貯餉則芻糧山積，此謂金城天府之國也。龍盤自艮，水合在坤。雙城并峙，勢若連雲。兩河縈洄，宛如襟帶。此風雨陰陽之所交會也。由是，督府運帷，諸將抱桴，無事則厲兵秣馬以示備，有警則分道出師，勢若建瓴，此誠形勢之便。

夫京師，天下之根本也。密雲鎮，其幹也。諸邊邑，其枝葉也。幹强則枝葉愈茂，而根本益固。是故，險其屯集，完其守備，由此以奏於襄之績而奠天子之邦，其功豈在山甫、南仲下哉？

明禮部侍郎趙永《忠義廟碑記》 嘉靖十五年

侍御史豐村金君奉命巡視東北諸關，仰體皇上圖治盛心，凡關塞險阻、將領忠邪、軍士疾苦，咸究於心，賞罰興革，以次振舉。人之畏威懷恩者，咸以忠貞相期。用是，北敵效順，邊境晏然。

往歲，參將魏祥死節於石塘，豐村至其地

曰：「魏侯死矣，今列名祠，猶夫生也。邊之效死者，豈獨一魏侯哉？使恩施异於是，則報功之典隳矣。」乃具疏上請，擬以各路創建一廟，將領肖像於中，軍士列名兩廡，歲秋參將往祀之。上嘉其請。豐村相地於古北口大石山之陽，分命將校，鳩工積材，不勞帑費，廟貌悉新。舉死於王事者，泐名碑陰，用垂不朽。

余謂：忠良爲國禦灾捍患者，祀於國。國家崇尚勳德，遠遵成憲，在宗廟有配享之制，在郡國有鄉祀之稱，禮文攸備，無庸議矣。惟其恩之所及，不能無异施焉。蓋禮之爲道，體嚴而用廣，不能强而使之一，故輕重緩急，率寓於尊卑顯晦之間。豐村闡發幽隱，不以微賤弃之，是備乎禮之用，而人無遺憾矣。雖然，此特酬功之既往耳。至於誠意感孚，足以作士氣而重國威，實於此乎垂端焉。夫死者，生準也。死而弗録，生何望焉？今崇以時享，延以世禄，人之睹廟貌而沾遺澤者必以忠義自期，求無負於國恩、無慚於先烈。蓋一舉而兩盡矣。予聞「國之大事，在祀與戎」，今即戎以崇祀，是以誠結其心，而人之效死

者出於法制之外。豐村體國圖治之意大矣！因效燕歌作《迎送神辭》，亦豐村相屬之意也。詞曰：

秋氣肅兮悲風，寒草黄兮蔽空。修祀兮薊之東，覃國恩兮酬有功。遣胄弁兮紛拜，懷忠烈兮增慨。神之陟降兮有無，君蒿愴凄兮如生。笙鏞合奏兮兩楹，誠感格兮神相通。食國報兮無斁，儼冠佩兮從容。望停驂兮少憩，鑒予心之忡忡。神之來格兮洋洋，神之去兮懷故鄉。統戈矛兮振鳴璫，驅雷電兮飛冰霜。生捍患兮殉國，垂忠烈兮邊疆。感廟貌兮構止，慨遺烈兮增光。聊隨化以歸盡，不與物兮低昂。擁山河兮呵護，翊靈祚兮延長。願隨感而應其所求兮，闡金湯之屏翰。魂兮杳其無迹兮，但雲霧之蒼蒼。

明刑部主事祝增《關王廟碑記》 嘉靖三十八年

古北口在畿輔東北二百里許，即唐之虎北口也。邊於諸夷，最爲要害。國朝設衛置將，以爲重鎮，言天下之險者，咸歸焉。其北門側舊建關王廟，禦災捍患，丕著靈應。凡我師之出入，必致禱以祈祥，恒凱旋而奏捷。歲時伏臘，奉祝者有

年矣。

丁巳歲，欽差分守古北參戎楊公謁其廟，見其狹隘，不足以爲神依，乃遷於北門之堙。鳩工飭材，百堵俱興之際，公遽轉密雲副帥，往來防禦，時督其事，而規模宏擴矣。尋擢遼東鎮守，石橋瞿公踵其事，而制度森嚴矣。西泉魯公收其功，而廟貌聿新矣。邑人魏氏名森者，又募衆以協贊之。中建大殿，設神像，其兩廡所圖，即神之履歷也。外爲大門，侍衛居焉。赫赫宏敞，輪奐輝煌。觀者奪目，視者罄心。楊公維始於前，魯公落成於後，二公之功匹休於神貺，誠爲生靈福也。

嗚呼！神之理亦大矣哉！感應之機亦昭矣！感而弗應，則爲神羞，應而弗感，則爲人恥，固理也，亦機也。神之義勇，充塞宇宙，貫徹古今。其所以致人之感者，亦既素矣。楊公今在遼鎮禦，殘疲極衝，而大捷迭奏，處讒仇交構而壯志愈伸，殫力竭忠，不避時艱，以翊贊皇明之運，德望猶泰山、北斗，心事如青天、白日，亦神之義氣默佑而潛孚者也。其擇地以妥神，寧非勢之所必

致乎？然則，神之應、公之感，以福惠元元、蔭庇王國者，抑豈有既也？是故，應公者固神之靈，而感神者則公之誠也。神之靈垂萬世而不朽，則公之誠亦歷萬世而不磨。

斯廟之前，豈非祀典之所當録哉？庠生李子英請予紀其事，而因繫之辭。辭曰：

於赫惟神，生漢之末。整厥綱常，正扶亂撥。正氣洋溢，威靈活潑。翊我皇明，寰宇鏡清。旌功褒勛，宇宙廟盈。古北新殿，畫棟雕楹。白檀疊嶂，潮河拖縈。維神栖止，地益以榮。王師於邁，神佐其征。邊陲永靖，庇國衛民。瞻廟翼翼，瞻像特特。振作忠良，悚懼反側。神功浩蕩，斯民順則。享祀無疆，貞珉是勒。

明兵部侍郎汪道昆《少師楊公生祠碑記》萬曆七年

薊門故未有督府，其置督府也，自嘉靖庚戌始。諸督府故未有功，其著保障功，自少師楊公始。密雲故未有祠，既去而生有祠也，自楊公得代始。故未有行邊使者，今乃遣大臣至，自不佞道昆始。壬申大閲，不佞奉使薊門，首事密雲則

督府治也。憑軾而經北郭，少師楊公祠宇在焉。不佞釋轡下車，徘徊祠下，進諸材官、諸父老問公故督府狀，纚纚數千萬言。不佞俯而思，仰而嘆也。嗟乎！吾知督府之難，乃今而後知薊門之尤難也。薊門難矣，乃今而後知楊公之獨當其難也。

頃自先帝即位，敵在灤東，則自東南召文武大臣，入受薊事。任焉者委身戮職，曰「請便利行之」，於是嚴責成，分部伍，矜保界，繕亭部，明間諜，察敵情，程公能，作士氣。乃今戎首相望，輜重相從，車戰有營，火攻有器。以此而視疇昔，

何論徑庭！彼其内乘積廢，外劫積威，一旦與之更張，庶幾敵愾，是難能也。要之，穆考端拱於上，從善如流，三事潛密勿於中，策邊事如指諸掌，言入則無不利，令出則無不行，卒釋群疑，壹歸國是。此今日事也。

庚戌，不戒法當事者，徇市中。敵既歸，將歲啖以望其腹，小入小利，大入大利，莫敢誰何。太宗撫劍而視邊，臣一不效，輒傳。嚮者，法抑臣子，方用事，非入部鼎，即出鐲鏤，重以發言盈庭，

掣之肘而代之割者，何紛紛也！夫以不律之師禦方張之敵，蒙不測之罰，抗無厭之求，狃不詢之謀，執輿尸之咎，跋胡疐尾，雖顧且不遑。此疇昔之事也。

今日之事，將能而君不御，故易爲功。何以故？廟算勝也。疇昔之事，孤立而患多門，故難爲力。何以故？廟算非也。今日之事，自中主之，此非直督府能也，非直將士力也，聖君賢相之訏謨也。疇昔之事，自中制之，即智者不暇爲謀，勇者無所效力矣。吾故曰少師之烈也。於是，敵

大舉薄龍王峪，黄塵蔽天，連數百里。金吾緹騎，日數十至，接踵以密聞。大墨方睚眦，公幸不保以自快。公登陴，冒矢石，親將諸兵扼土墻。夜募死士以火攻，敵退。明年，至馬蘭峪，又敗去。由是，太上傾心嚮用，四方有敗，率倚辦之，揭日月而收雷霆大都。天祐明德，賚以不二心之臣，人力宜不及此。故今之所易，昔之所難，今之所優，爲昔之所不暇，則其所遇者殊也。

諸將吏唯唯，則以使者得專紀述，願旌公伐而勒之碑。公在端揆，不佞爲公故吏，其知者謂

不佞爲考信，其不知者謂不佞爲市交。藉第令碑之，碑故以公重，抑將以不佞輕矣。及公得謝，諸將吏請如初。不佞謂：「公以老成繫四海之安，安車旦暮且下。」居有頃，則以襄毅易公名。邊人申請者三，義無所避。竊惟公以功實冠勛府，直將饗太廟、書太常，薊門特舉其一隅，無庸不佞。在禮：以勞定國，則祭之。能禦大災，能捍大患，則祭之。今生有祠，死有述，上之不愧尸祝，下之不愧鼎銘矣。遂勒之石，係以樂章云：

迎神一章

建元鉞兮受彤弓，遏寇氛兮三輔東。睹元老兮繹膚功，渥周澤兮九州同。犖上國兮綏華戎，釋東顧兮行重瞳。最圻父兮尸元功，留賜履兮瞻故宮。英勃勃兮氣霓虹，駿奔走兮萬夫雄。儐俎豆兮伐鼓鐘，靈之來兮驅長風。辟蚩尤兮御豐隆，降靈軿兮雲鳥從，紛來下兮集高墉。

送神一章

援北斗兮挹上尊，鼓吹雜兮鐃歌煩。陳部曲兮昔所歎，緬折衝兮儼若存。間合終兮寂不喧，躡文履兮歸華軒。懷舊服兮湛新恩，指遺策兮翼後昆。日雲暮兮群靈奔，經太行兮宿崑崙。

陟帝所兮開天門，宣沆瀣兮協絪緼。粒下土兮護中原，韃櫜卧兮京觀騫。貢騕褭兮效瑶琨，來萬國兮叩九閽，歷千祀兮奉玉尊。

按：所稱楊少師，當是太子太保楊博，晋少師，謚「襄毅」。嘉靖二十七年，任薊遼總督。廿九年庚戌，復任，見於《政略》。又，《明史》及《乾隆御批通鑑》於「寇邊」「入寇」等「寇」字，俱改稱「敵」，蓋不欲居其名也。是篇及忠義廟、石匣石城諸碑記，「敵」字屢見，大抵皆修志時避國諱改易者，非原文也。管見如此，因附記之，以待考。

明翰林院侍讀王希烈《重修文廟碑記》 嘉靖四十五年

密雲，古漁陽郡地，自漢迄宋，視以邊鄙，學政之修廢無考矣。國朝建都燕薊，密雲屬京兆，且在京師東郊，而近士之起膠庠、觀國光，贇贇稱盛矣。縣東北界邊，故又爲薊遼總督暨兵備憲使之治所，視他縣特重。縣之興革大政，邱憲實任之，上自督撫，而下至知縣、縣丞，仰承而已。

密雲舊有學，建於元之至元，修於洪武之十一年，今敝且圮。兵備大石張公甫至，飭武備，繕城池。政既修舉，見學宮缺狀，慨然嘆曰：「我朝文治覃海隅，乃首善之地，而廢墜若斯，非所以令四方見也。」亟白於總督大司馬帶川劉公，議以克協。方物揆事，庀材鳩工，一以節用愛人爲本。於是，取材於石塘嶺諸山，山越古北口外數十百里，公以兵取之，由潮河川筏以入。以故，工師得大木，而官無采辦之費。取力於軍士之番休者，以故，動大衆而民無丁夫之擾。其他經費，督

府既資以軍門之羨緡，而地官尚書郎新所張公亦捐金爲助，餘悉取諸公之禄入，輔以罰鍰。故百廢俱興，而帑中無銖兩之竭。又簡參軍之廉能者王廷範、祝啓蒙暨官舍王鎮、劉表，以專司其事。縣令邢君元徹時省厥成，以期底績。由是，正殿易以五楹，而廟貌以嚴；兩廡各易以七楹，而群祀以秩。啓聖之祠、敬一之亭、明倫之堂、分教之齋，昔所有者，擴而新之。名宦、鄉賢之祠，齋宿、省牲之所，藏書、置器之庫，昔所無者，增而創之。又鑿池爲泮，而橋於其上，高其欞星，正其戟門，

而學制遂大備。經始於嘉靖乙丑三月朔日，訖工於十月十日。公既協上下以落成，又率邑之才子弟數十人肄習其中，以時詣學，講授經義，宣布條規。密人觀聽，溢於橋門。

學之官生，將謀伐石紀事。介卿大夫龍潭孫公來徵文於余，辭弗獲。余惟古者受成於學，獻馘於泮，俎豆於軍旅，脉理固相屬也。《詩·頌》魯侯曰：「既作泮宮，淮夷攸服。」一公具文武之才，握兵符之重，而於學校獨加之意焉，可謂知本矣。矧其兵威素伸於塞外，休暇常得於戎

隆慶五年始。先是，劉子應節奉璽書督鎮薊門，詔諸將，諳以戰守兵法，皆噤不應，或竊笑之。劉子詰以故，僉曰：「禦邊者，勇戰無方。習七家書，其何敢當？」劉子撫膺嘆曰：「必若言，舞干之格，未能也勇，匹夫乎！」蓋承平久，人不知兵，介胄之士，罔諳韜鈐。而縉紳持文墨議論，率詘武力，志士又耻從甲胄。世廟中葉，詔求奇材异能之士，卒無應者。乃命有司，每三歲開科，如例羅士。顧弓矢、馬步之格，可幾幸收入圍，又糊名易書若測景辨神然，故取人如揀金於沙，幸而

而學制遂大備。經始於嘉靖乙丑三月朔日，訖工於十月十日。公既協上下以落成，又率邑之才子弟數十人肄習其中，以時講學，講授經義，宣布條規。密人觀聽，溢於橋門。學之官生，將謀伐石紀事。介卿大夫龍潭孫公來徵文於余，辭弗獲。余惟古者受成於學，獻馘於泮，俎豆於軍旅，脈理固相屬也。《詩·頌》魯侯曰：「既作泮宮，淮夷攸服。」二公具文武之才，握兵符之重，而於學校獨加之意焉，可謂知本矣。矧其兵威素伸於塞外，休暇常得於戎

間，故能取材於遐方，借力於士伍。壯猷訏謨，較然閎遠矣！是惡可以勿書？抑於是而慶密士之有造也。夫三代之士莫盛於成周。豈獨其學制之備哉？蓋由文王壽考作人，培養百年之久，故在當時黨之正，州之長，鄉之大夫，德藝道行，皆身有之，上者以身教，而下者以躬行，是以後世無及焉。漢自文翁治蜀，遣蜀士來學長安，蜀人化之，有鄒魯風。蓋自武帝始詔郡縣立學，道之由上作也如此。今聖天子壽考作人，同符周文，多士濟

得人，如呼之中博。弊在所用非所養，所養非所用耳。

劉子既受事，謀之中丞楊公、都護戚公，上書力言：「今日武功，宜儲將才，以備緩急。」大司馬是劉子言，覆奏，制可之。由是，密雲、遵化、永平三鎮悉立武學，修廟立廡，給舍分齋，巍然宮墻，可并黌宇。奉祀仍崇武成王，反本始也。設教授各一、科正各二，隆師道也。講有堂，射有圃，督課有程，贍養有餼，首重韜略之科，力剗舉業之陋，崇教養也。行之三年，得一士，疏名以聞，得

列將籍。於是，諸士向風致力於學。

或曰：「衛青以不學勝，趙括以讀書敗，兵在學與？」劉子曰：「學而敗者百一，不學而敗者什九，寧誤而爲括，毋幸而爲青，矧括正不知學而喜自用者。」或又曰：「談兵如談禪，在悟不在習。」劉子曰：「嗟呼！舛矣！禪之悟，果廢漸而能頓哉？得魚兔，忘筌蹄，可矣。必捨筌蹄以求魚兔，是緣木守株之智也。雖有良工，不廢繩墨；雖有良冶，不廢爐錘。是故，九流有師，百工居肆，矧兵戎之重事乎？夫郢人之運

斤，其神凝也。楚人之承蜩，其智專也。業專則精，習久乃悟。故曰：『不學操縵，不能安弦。』學兵者緣可尋之法，馴致至微至神之地，則應變制權，隨機運化，斯守則固，戰則勝，乃稱大將才云。」時監司王子一鶚、孫子一元、宋子首約、王子之弼揖而請曰：「請借公言以詔二三子。」因述爲記。

寳坻縣知縣王則右《重修武學碑記》 萬曆四十五年

舜鄰尹公治密雲之三年，化行俗美，庶務畢舉。首治學宮，以教青衿，多士彬彬，顧化周太史玉繩爲之記矣。暇日有事於武學，門以內茂草可掬也，公乃更諸爽塏者。鳩工庀材，不煩民力，而跂斯翼，矢斯棘，鳥革翬飛，若大將登壇，旌旗壁壘皆爲改觀焉。群材官蹶張及世胄之子肄業其中，而訓之以禮義，申之以《詩》《書》，則公之慮更深遠矣。

密雲者，古之漁陽郡也，今日爲神京左臂，軍旅雲屯。什伍將校，習騎射以固吾圉，然人不知學，何知有兵？孔子曰：「以不教民戰，是謂弃之。」絳灌無文，豈獨其債？帥過也。昔晋文

公不謀元帥乎龢韋跗注，寧鮮君子而獨取於郤縠之説《禮》《樂》而敦《詩》《書》也。即如《詩》所云兔罝武夫，至可爲干城腹心。夫禮義者，心之宰，忠信智勇所由出，而《詩》《書》則禮義之府也。故少長有禮、卒乘輯睦，斷不出於瞋目超乘之輩，而弃繻繫組、據鞍自請，忠義之激發然哉！安有不兵法、不都雅之名將，而能拔幟搴旗、築京觀而立功邊城也者？

令疇昔不明於親上死長之義，破敵之與降敵也莫辨，先登宵濟勇怯之莫分。將士二三，解體離心，而蒙矢石、赴湯火。無論管敢賊漢，即薊門庚癸之呼，延綏辱師苟活，豈非不教而弃之也哉？故誦《詩》讀《書》、講禮明義，則知向背；知向背，則有勇無怯，遇敵敢决，臨難矢節。忠臣良將，於是焉出矣。嗣是，入武學者體公之心，肄業及之，且文且武，如瑩玉之不可污，當有卧不設席、行不驂乘者，何必戮揚干、斬莊賈？有力如虎，乃爲武哉？若鸛鵝魚麗，前茅後勁，兵法所載，諸士子枕席過師，常習之耳，故不與論。而余與公所願於桓桓熊羆，如是而已矣。

清户部侍郎袁懋功《重修儒學碑記》 順治十七年

泮宮者，泮於壁宮，象璜也，所以持情理性而積萬善者也。漢武威蜀，彬彬儒雅，一時稱盛。魏武下令，縣户滿五百即置校宮，選鄉俊造士而崇舉之。唐倪若水興州縣學，廣勸生徒。范忠宣公營學田，擇鄉之賢者以教其人，聽政之暇，親至勸誘。朱晦庵任同安，兼學事，身率諸生，規矩甚嚴，勵以誠敬，開以義理，且爲學如不及，文以勸諭之。古之賢者，有邦國之寄，則必以得人才、廣風化爲己任，道固宜爾乎。

廬陵之言曰：「學校，王政之本。致治之盛衰，視其學之興廢。宋興八十有四年，而天下之學始大立。」此建之說也。南豐之言曰：「當四方學廢之初，有司之議固以爲學者人情之所不樂。及見此學之作，在廢學數年之後。惟其令之一唱，四境之内響應而圖之。」此修之說也。由歐之説，建之如彼其難；由曾之説，修之如此其易。而吾以爲，建之於未舉之先，物力漸蓄而易集，難固非難；修之於既廢之後，人情積弛而難勉，易亦非易。要之，宣德流化，必自上始，尤

必自近始。成均首善，固其端本作則之地也。聖天子臨雍釋奠，論道横經，發帑金，新廟貌，爲天下先，而又下詔所在有司，及時增葺，一如法式。然往往費百千之資財，積歲月之經營，增培無多，摧頹如故。

密雲咫尺神京，金湯重地，其儒學歷百有餘年已，日就傾圮。維時昌密兵憲戴公巡歷至邑，顧邑宰平六劉君曰：「學宫鞠爲茂草，舉廢興墜，蓋賢有司事也，其留意焉。」因出二十金爲之倡。時劉君莅任甫匝月，慨然身任其事，謀諸紳士，出清白之囊，鳩登馮之役。財無侈溢，民不疲勞，三閲月而宫廟焕然改觀，可不謂敏焉？

抑予又重有感矣。漁陽爲冀州屬邑，其視效宜最先，而又等上谷危疆，其觀成宜獨後。劉侯顧易武建爲和平，霽威嚴於愷悌。其風俗日以醇，其人文日以茂，燕趙之慷慨胥化爲鄒魯之雍容，此固脱劍而祀明堂、建櫜而敷文德之明驗也。四海有截，萬國來同，其在斯乎！蓋始之於戴公之倡，屬成之於劉君之拮据，兩堪志盛矣。且侯之新政，剪稂莠，植秀良，課耕桑，除螟螣。麥歧

之歌，不在張君游治譜後，閟宮有恤，不日斯成，自非敬明其德，何克臻此？樹人樹木，其效果孰宏多與？

恪庵鄭公同諸紳士請予言，賡奚斯之盛而壽賢侯作人之德於不衰，因記於左。

明兵部侍郎汪道昆《燕然勒功記》萬曆元年

先帝元年，虜入燕代，乃召少司馬譚綸、大將戚繼光自閩粵入，計治兵京師。適不佞得謝東游，與行，會請曰：「司馬雅自負，務以七尺軀肩國家，時乎，時乎，在此行也！即入見帝，願聞先資之言。」司馬正色而作曰：「明二祖威行匈奴，振古無與比。比承平久，疆事淩遲，虜一旦生心，無可爲緩急。當事日無從頌（古與容字通。）而受法狼顧，不遑日夜，幸得免於其身，惡能勝其任而愉快也？往海寇起，東南日操兵，賴二三臣任之，不十年而兵息。此中迄今無任者，顧安得息肩所乎？陛下幸而召臣，臣誠不足以奉廟略。請得練士十萬，問罪匈奴，中歸則治屯田，興鹽法，收富强之實，保世無境外憂，此陛下神武之師、皇祖之遺烈也。次者，與臣五萬卒，使得一當匈奴，百

臣躬擐甲胄，爲將士先，俘馘萬計，將令匈奴不敢南牧，遺中國數十年之安，此衛霍之勛、漢武之業也。不得已而予三萬，非敢必有功，完繕收保，以待虜來，伺有可乘，幸得一擊，爲趙牧不亦可乎？三者，臣請以不肖之軀任之，顧陛下任臣何如耳？」不佞舉手加額曰：「壯矣！世儒多持文墨議論，司馬寧能概於其心？願邀惠宗廟社稷之靈，使司馬得志，不佞請以單車出塞外，爲司馬銘狼居胥而還。」

司馬行矣。既而，司馬出薊門，居督府，莅大將，練諸將兵。先是，薊門治兵垂二十年，兵卒不治，諸將率藉資巧臣，上下相蒙。司馬更約束，日討諸將而訓之曰：「吾所以來，直欲將耳。往者諸將失守，罪在督府一人，虜至則督府不威，諸將恣睢自若。今吾得請於上矣，諸將不用命者悉殉軍中，帥事畢，悉當諸將罪狀以聞，然後乃課督府。爾曹勿操故智，吾受三尺，不避不臣。」諸將退，相語曰：「公必欲驅諸將嘗匈奴，此直費匈奴一鏃耳。即諸將暴骨沙漠，於中國何益哉？」司馬以將律之不臧也，士氣之不作也，乃上其狀，

請以勇敢倡之。乃遣裨將胡守仁、李超募南兵三千，如期至，會天雨，待命於郊。雨自朝至日中，軍容益肅，諸將攝服，無敢言。

司馬宣言曰：「虜來，吾恃戰與守耳。虜勢不啻風雨，非車戰吾衆且不能自堅。其四面列車爲營，中駐步、騎各一旅。遇虜，則車上火器悉發自數百步外，先薄之。稍近，則轅下出步兵，排擊虜馬。虜而乘勝逐北，乃出騎兵。各審其宜，三者互用，此以守而戰者也。昔徐武甯以撻伐開國，至其繕東北圉也，不遺功能。比年有事邊墻，

費至鉅萬。修不容足，高不足以距跛羊，露衆乘墻，不蔽風日，虜長驅墻下矣，交集睥睨間，此非石人，惡能旬月守也？其跨墻爲臺，高五丈，周二十丈，臺中可駐百衆。爲三重階，中爲疏户以居，上爲雉堞，皆可用武。日舉火出臺上，瞰虜方向，高下皆以兵當陴，械器、儲糧不從而足。此以戰而守也。」於是，司馬以便宜請。江陵相君（即張居正。）從中贊其議，悉許之。諸將大恐曰：「公信然耶，吾儕無死所矣！」乃布蜚語輩轂下，阻撓百端。聽者不聽，輒言其非。司馬自劾求去，

其略曰：「臣孜孜爲戰守備，即攘苴不易臣言，顧臣菲薄，無以厭衆心，多不便臣者。臣自知無所用，請得歸休。如必用臣，終不以人言敗大計。」時江陵方倚辦司馬，會有詔，司馬任事如故，屏流言。

司馬部署主、客兵，分部伍，習技擊、弓矢、炮石、干櫓、戈矛，各稱其力。車騎卒伍，各程其才。乃度土宜，議版築，計周垣三千餘里，當築臺三千，顧力詘舉羸，第先其要害者千有二百。召諸將皆來會，以大義諭之，因地分工，群力畢作。程期始畢，臺若先成。司馬親巡工，察諸將殿最。乃開幕府，置高會，宴賞有差，最者列坐兩楹，次者在廡，次者在門，殿者坐外。比再舉，則人以壯麗相高。縣官僅發十萬緡，工事畢矣；如以工力計，可當百二十萬緡。三年四年，東西虜聚，謀犯薊。偵者得我戰守狀，西酋惴惴，持兩端，乃卜之巫，巫言不利。虜尋散去，帥諸部納款稱臣。於是，言者多司馬功，請得久留督府，勿他徙。

先帝方以禁兵屬司馬，進御史大夫，會臺工告成，復進大司馬。今上初即位，首召司馬入典

本兵，遣大臣行邊，修先帝之業。畿輔以東重鎮，臣自督府中丞、大將而下，至今奉司馬約法，無敢渝。遼東數有戰功，紫荊關并大有備，皆司馬之遺策也。事畢，當事者請曰：「往大司馬當多口之秋，任非常之事，卒之建萬世之利，事半而功倍於古人，不戰而殆虜謀五年於兹矣。此在兵法非所謂『善之善者』與？請伐燕山之石，以從子大夫久要之言。」於是，不佞爲之勒銘，志其顛末。銘曰：

明明穆宗，有懷萬國，乃召司馬，至自海隅。

司馬遄行，奉身自獻，三策畢舉，惟帝所須。發言盈庭，司馬議格，乃眷左輔，授以兵符。嬌嬌元戎，實惟宿將，受成司馬，簡練師徒。司馬既東，登壇厲將，亟須滅虜，而後朝餔。彼已無良，狺狺群吠，譬之始發，或跋之胡。帝眷孤忠，無稽勿聽，爾修舊服，待爾奏膚。乃征鋭師，以倡勇敢，三千組練，發自東吴。乃立刑名，各司其局，功無僭賞，罪不逋誅。乃飭戎車，爰整二一旅，駪駪列騎，赳赳征夫。乃治火攻，神器先薄，雷電交作，無堅不渝。乃陳五兵，因材授器，銛鋒利鏃，肅慎

是吾。乃繕臺垣，設險以守，金城天府，以隆上都。乃度土功，普存其力，功逾九仞，費則錙銖。乃告成功，言言翼翼，分兵列戍，永矢無虞。肆彼犬羊，從此内向，累累却步，屏迹穹廬。酋首款關，願爲臣妾，比於荒服，旅幣來輸。惟帝念功，召還司馬，入掌邦政，先輔皇輿。周之中興，厥有方叔，威加玁狁，社稷是扶。帝德明威，莫來不服，無庸薄伐，坐致匈奴。簡在一人，則惟司馬，三秋王事，百世來模。司馬之功，周雅靡載，建元貞觀，孰敢同塗？奕奕燕山，蟠我甸服，史臣紀

事，揚扢訏謨。

明按察副使劉效祖《聖水泉記》萬曆二年

環檀皆山也。山不出泉，唯南十里麓有二泉，相逾僅數尺，匯爲一流，故稱聖水泉，不知其誰實名之也。泉邊多蓁莽，不治，里人飲牛浴蠶，直瀆污行潦睍之耳。北海劉公、關西楊公、鉅鹿王公偶探其迹，問謂定遠戚公曰：「逝者如斯，是不可謂濯纓地乎？」戚公唯唯，乃謀之諸部使、諸監司，計工鳩材，以屬裨將陳君伯憚。依山際，上下構亭，疏二泉環抱其間，不匝月，濯濯稱

勝迹矣。

三公相次瓜代，飲餞於斯，胥顧而樂終日已。爲予言其事，欲紀歲月。余因念山川之迹，亘古今無易，獨其興廢有時，要藉達人以爲輕重焉。檀㞒尺京邑，爲戎馬之場，三公開府，克壯其猷，年來烽火，不達甘泉，蓋儼然并社稷金城矣。今政成多暇，遂相與創兹奇觀，是山川亨之會，固待三公以有成，即三公得使邊徼寧謐以及兹。役者謂，非山川效靈不可也。假使當倥偬之時，日從事干戈，即已成之迹，無暇周全，豈其經始於無何有者，以須臾圖一日之樂乎？必不然矣。於戲！山簡之習池，樂天之西湖，永叔之醉翁亭，彼其寄情山水，於疆理無所裨藉也，百世猶然思慕。矧三公先憂後樂，其功德被人，淵涵瑩澈，不將與斯泉共悠久乎？《詩》曰：「蔽芾甘棠，勿剪勿伐，召伯所茇。」三公之謂矣。

劉公爲誰？舊制府，名應節。楊公爲誰？新制府，名兆。王公爲誰？新中丞，名一鶚。戚公爲誰？都護，名繼光。余爲誰？前觀察副使劉效祖也。

明按察副使劉效祖《獲野館記》 萬曆四年

申大夫治粟檀州，間於西河滸捐廩貲易輸没地一區，當都會孔道。乃謀諸錢憲使曰：「檀州自制府弭節以來，歲時部使者飛蓋相望，吾儕往迎祖餞，率舍道旁，或班荆相與坐，俄頃别去，非所以待之也。請以斯地誅茅除館，以供行李往來。即不逆旅、樵蘇計，乃吾儕兩人者，自公或一至，相與釃鼓揮戈，評騭征繕之務，不尤愈於兀兀署中日對簿書乎？」憲使曰：「可。」

於是，遂草圖練，召有司者計之。三涉月，落成，復紆憲使往觴焉。使曰：「公瓜代及矣，猶不廢經營，以居來者。即來者時游燕其中，不爲公甘棠地乎？」大夫逡巡，謝不敏。會憲使請之制府，題曰「獲野館」，蓋取古人詢謀之義。制府以子産自喻，以禆諶期大夫與憲使也。居無何，大夫有入計，期於是。憲使亦觴大夫其中，與之惜仳别焉，且謂大夫曰：「斯不可無勒言。」乃余不佞，適於役檀中，遂授簡紀其事。

大夫，南陽人，名嘉瑞。憲使，淮陽人，名藻。余，都門人，名效祖，督賦兩河如大夫，觀風三秦

如憲使。萬曆四年記。

明翰林院修撰焦竑《密雲縣知縣題名記》萬曆二十二年

昔西門豹之令鄴也，倉無積粟，府無儲錢，兵甲無計會，而登城鼓之，三者立具。善乎！豹之言曰「信非一日積也。」則政之所急者，可知已。乃今之爲令則异是，精神敝於造請，而志意詘於趨承，目力費於簿書，而筋骨疲於迎送。吾見令之難爲也，此在寓内諸邑皆然，而邊徼爲尤甚。蓋上官同也，而加之以督憲鱗次；簿書同也，而加之以羽檄輻凑；賓客之往來同也，而加之以征繕旁午。即有敏者，矻矻焉日不暇給，熟知夫一得其民而安内禦侮，舉無難爲者哉？

密雲，邊邑也，督府、憲司、糧儲諸署咸在其地，最號難治。令之居是邑，以賢能遷者固多，其不能者亦往往有之。楊侯來令兹邑，政令一新，德惠翔洽，民用太和，而戎事所關，因以悉舉。邑故未有題名，侯乃嘆曰：「古之爲政者，莫不各有所法。是故，或師乎往古，或訪之時賢，然後可以策勛當年而垂名後世。然其於時勢間，有合有

不合，顧不若即其已事觀之爲得師也。故曰：『不習爲吏，視以成事。』矧兹邑之煩劇，其能得民者，豈非豈弟、廉明、强幹而通敏者乎？豈非能拊循編氓，和輯行伍，有文武材略者乎？吾將知其人，因以考其事，考其事則用以施諸政，是亦當世得失之林也，奈何獨闕諸？」乃披掌故，得若干人，伐石鑱之，立於治堂之右，時省覽焉。且虚其右方，以俟來者，而遺使徵紀於余。

余惟楊侯爲是舉，固將藉之以自考鏡，以惠此下民，非有意於褒善而貶惡也。然其姓名既著，則惠愛强明之績與夫饕餮委瑣之形，亦得因是以垂不泯。後之人或過而問焉，其令而果賢也，雖百世有不慕之如其人之存，挹休美而聽頌聲者與？其令果不賢也，雖百世有不唾之亦如其人之存，睹疵纇而聞怨讟者與？是使賢、不賢之迹得久具存，令後人有所法，且有所戒。楊侯之惠是邑，將不與之俱無窮與？

楊侯與余，其鄉同，其舉進士之年又同，余知之最深。其人仁心爲質，士民信之，而又深於道家者言。夫道家谷神元牝之論，説者以爲修身繕

性、長生久視之道。至若烹鮮之喻、以奇用兵之説，亦未嘗不具蓋虛無。因應自推之，靡所不通。楊侯有得於此，其所注就，豈但密雲爲畿輔長城，與鄰令埒哉？异日者坐進此道，將有指是邑爲葉與勾漏者，治行又不足以名侯已，爰書此以爲之記。

明吏部侍郎葉向高《薊遼總督題名記》

萬曆三十五年

幽薊自遼陽至開城，爲重鎮者九，而薊門去京師不數舍，蓋視他鎮爲獨重。遼陽次之。

當肅皇帝之庚戌，郊關烽火達於大内，乃設提督重臣典戎事。未幾，改提督爲總轄薊與遼及右輔諸郡，賜履廣而權寄重。居是任者，多具文武才，習塞上事，爲公卿所推轂。蓋自錦衣孫公而下，更二十餘人，而今大司馬西蜀蹇公以薊節謝歸，里居十餘年。東北多事，羽檄交馳，畿内凶荒，蝨賊滋萌，天子慨然，圖維前公，起於家，俾仍鎮薊。公辭不獲，乃驅而來將。吏、士、民望公前麾，皆舉首相慶。公來而吾壁壘、旌旗增新，塞垣增固，三輔之地亦增重也。受事者再逾年，戎備

修明，威澤治暢，新部晏如，無烽塵之警，中外翕然以爲公功。公深自遜謝，上者天子寵靈，下者有群公之規畫。蓋自建鎮以來五十餘年，甸服綏安，干城鎖鑰，實有其人而名姓不彰，久將湮没，何以標往烈而示來者？乃伐石勒名，命不佞高爲之記。不佞竪儒耳，不嫻疆場之事，何以復公？雖然，亦嘗從掌故家言聞其一二，得失之概，可略言矣。

高皇帝樹藩起土，因險爲防，遼陽、上谷，東西聯絡，薊名在堂奥之内，比於中土，則治邊之上策也。永宣之世，太寧内徙，藩籬撤矣，而内治方修，猶得中策。其後，邊備日弛，以至庚戌之變，雖時勢使然，其亦制馭之無策也。嘉隆以來，懲前毖後，上下綢繆，薊門亭障，棋置星羅，坐收不戰之伐。遼左雖困，而幕府上簿，時效首功，分閫制勝之效，於斯著矣。今此所列二十餘公者，大之碩畫訏謨，敉寧戡定，與方召爭烈。次之亦慎固封疆，獎率吏士，隱然爲國家長城。其或夷險殊遭，成敗异致，至於蒙危難而不獲避，夫疇非前事之師而將來之鑒與？

後之君子，參伍折衷於今昔之故，則國初之事，未易言矣。要以保險固圉，使在薊能以守爲戰，遼能以戰爲守，而又恩威操縱，聯屬三衛，使長爲我用，以無失文皇制馭之遺意，其於安邊之策殆庶幾焉。雖然，又有難者。昔之虞專在塞也，而今兼在海。昔之虞專在外也，而今兼在内。蓋自平壤之役興，而兩鎮之軍實爲虛，戎馬爲耗，至於今未復也。吾中璫之横行於遼陽、三輔間者，其爲民患又甚於二陲。撫綏備禦，力倍蓰於往昔，此塞公之苦心而前此之所未有也。夫塞公之惓惓於題名，而欲余記也，其亦有慨矣。

萬曆丁未仲春之吉集唐歐陽詢書

清會稽孟遠《墻子嶺記》 康熙十九年

去京百三十里爲漁陽地，去漁陽八十里爲墻子路，而中外界之矣。周圍皆崇山峻嶺，其上延袤壁壘，相傳始皇時所築之長城也。下通路一綫，立洞門，啓閉扃鑰曰關。今設一都司守之，轄守備一、騎百、步二百人。又分守各汛隘，守此者百數十人耳。路無居人，惟兵世居之，亦無願隸此兵者。居此之兵，世隸之，故老弱無更換，健兒

不數見也。其地皆黃沙礫石，不可耕種，無土田之利、居民之聚，車轍不通。人往采木者，任之，率皆無賴，時時飽虎狼腹中。

余猶子安邦爲路都司，視之。時冬暮，陰風凛瑟，山童水涸，惟聞狐嚎鳥哭之聲，夜靜擊柝，明月在天，四顧悲凉，慘焉欲絶。有老兵過予曰：「致此者，不過三十餘年。明時，密雲設總制，重兵鎮此地，計十數萬，旌旗蔽天，金鼓達旦。月無警報，則璽書勞之，高爵顯榮之。國家方竭天下之全力而供此路，居室填密，商賈遠來，洵一大都會也。無何，時移勢殊，聚者忽散。今之土屑瓦礫，昔之臺殿亭榭也。今之山椒崖麓，昔之妓樓歌院也。今之白骨青磷，昔之斬將搴旗、鐘鳴鼎食也。有盛有衰，天道夫？實有人事哉！」

余雖未獲遍歷邊塞之外，而登高望遠，峰錯壁削，車不克展，騎不克騁，實天所以界中外也。苟得其人而守之，則一夫當關，萬夫莫前，何須費百萬之供億以養債帥，竭百姓之膏血以資奢淫，褻國家之名器以授羊頭狗尾？乃見敵而風鶴

驚，聞聲而鳥獸散。迄今不四十年，荒烟蔓蕪，一望悲淒，即欲尋一征伐戰鬥之迹而不可得。誰爲之乎？

今中外一統，無所用兵，余猶子以儒雅莅之，信有餘裕，而不能無今昔盛衰之感也。特爲記之，俾後之觀者亦有鑒於斯文。

清知縣惠周惕《暮山亭記》康熙三十五年

密雲，故山水鄉也。余之官，值軍興，日夜奔走供億，殊不知有登陟之樂。

一日，送客出郊返，登亭，見暮山蒼然入檻，神怡久之。顧謂縣尉張君曰：「此後若無事，當置酒亭上，邀余飲。」因留竟日，甚樂之。張君引滿，起爲壽，且請名斯亭。余名之「暮山」。昔蘇文忠公謂：「竹林橋看暮山，乃人間絶勝處。」若此，殆不減竹林橋也。

清大學士直隸總督李鴻章《白龍潭龍神廟碑記》光緒二年

自漢世以應龍能致雲雨，則往往爲土寓龍，或别方色繪之，用事禜禱，所從來尚矣。及西域説輿，言龍特异。然《淮南子》論形兆化育謂：

五土之氣，是生五澒，澒生金，金生龍，龍入藏生泉，泉之埃上爲雲，陰陽相薄爲雷，激揚爲電。其說絶奇。今西域之稱硝石、水銀、金鐵、雷電與龍同物，又有合於淮南氏之旨，則龍之靈固不可易也。

國家祇祀勤民，邁越前古，暘雨小愆，輒遍走群望，於龍祀尤謹。而近畿密雲縣石匣之潭，時巡木蘭所經行地，高宗、仁宗皆嘗行事祠下，屢獲嘉應，褒崇祝號，形諸咏歌，其祀又加謹焉。厥後，行不時至，吏惰弗視，廟宫傾圮，明神罔栖。光緒二年夏，畿内大旱，鴻章適承詔修葺是祠。詔下浹旬，甘雨滂沛，萎起枯滋，萌隸歡咏。大哉，至誠之化靈祇，效職易稱龍德！以自强爲詞詩，美右序，以懷濡百神爲言，意在斯乎！

祠旁故有行在所，天子念物力鉅艱，命且勿治，獨奉神唯謹。鴻章德薄能鮮，與蒙嘉祜，敢有不承？役成，因記始末，俾覽者考吾前説，知祀事之明，考吾後説，知皇靈震叠之不測也。役凡三閲月，用白金四千八百有奇，經始於閏月某甲子，落成於七月某甲子。督是役者，北河主簿周

士培也。光緒丙子七月記。

明知縣張世則《密雲縣志序》萬曆六年

嘗聞邑之有志，猶國之有史。余謂邑之有志，猶家之有籍也。夫有家者必先斤斤而作之門户，必詳明於册契、簿記，而復附之以訓言，其纖至於土田工作、服食器用，靡不畢具，以爲一家之文獻，俾繼世者恃以不墜焉。余嘗讀《周禮》，竊見載紀六官之職，自三公、六卿、大夫、三士下逮酒漿之屬、卑官細事，宛如有家之籍，彼誠以家視天下矣。爲政者誠欲知民性以制寬猛之宜，究

地利以經出入之法，察俗尚以節豐儉之中，與夫建置沿革之因時、名宦鄉賢之代作，足以示勸戒、明好惡者，則其稱名也博，其爲類也賾，欲施爲注措、動中肯綮，其爲術也則莫要於志。故志之爲道，切於民生，益於治理，以佐國家之乂安者，詎細故哉？

余始筮仕寶坻，僻處海隅，地磽而賦薄，民瘠而役輕。以余之譾庸，亦甚安之。無何，當事者不知余之不類，移置檀雲。其地、其民視寶坻益磽瘠，而賦役反倍之。愍焉如擣，將何以療此

耶？乃集檀諸父老，諮以風俗、田土、山川、人物以及興廢利弊，移日而茫無以應。及詢邑志，尚闕焉有待。噫！將何恃以爲治理耶？乃白之監司，謀之同寀。於是，周咨延訪，得邑人祝氏所集略而未成者，敬延太學及諸弟子員有良史才者，列館典事。復諏訪於老師後生所傳聞，檢括簿書圖記所記載，搜遺闡隱，芟蕪訂僞以成帙。編成，余喜，檀之《周禮》其在是乎！

夫由萬曆戊寅溯國初，二百餘年間，其山川之形勝、賦役之增損、人物之臧否與夫關城戍卒

建置，靡不并蓄兼收，纖細罔遺，如居室者之有籍，一展卷而衣食俯仰之計燦然在目矣。不惟後之爲密者有所考鏡，有所依據，抑觀風而至者，凡民瘼疾苦、地方利弊，悉可一覽豁然矣。其裨於國者誠鉅，豈直一家之籍而已哉？

明知縣張世則《風俗論》萬曆六年

密雲即漁陽之西郭也，自唐天寶以迄宋、元，兵氛未靖，民俗日偷。至今日，始卓然稱三輔之强，爲聖化首被矣，故士風多謙退，而民俗重修省。原其興善之心，殆涵濡之也深乎！惟逼近

邊鄙，是以民多悍勇而輕生，游俠而惰農，浮奢而疏於治産，酣恣而略於别嫌，此四弊風至今存焉。余不德，未能起而維之。

竊維勤耕織則本敦，植桑棗則生殖，申明鄉約則勇悍可馴而酣恣知檢矣。第化成於久道，未可以歲月期也。意賦役日煩，民既苦於征而病於勞矣。煤山未開，非直米如玉，而薪且桂矣。一夫應募，舉族以爲後憂，無亦行人之得、邑人之灾乎？三廠采榛，中使蔓索而苛求，何若歲征諸民、聽其自輸乎？夾河爲患，則新城東隅、舊城西隅非建重堤以障之不可也。易芻豆必於招商，乃民間赴役如蹈湯火，則脚價時估、頻歲議减者，非經畫也。有此六害，民無安堵，亦奚望其務本業而正風俗也？

大抵風俗有利弊，政治有緩急。思以維風存乎起弊，必害除利興而後風移俗易，機固有漸焉耳。譬則義方以訓子，其撫摩之愛得宜，即吾之法行。法行，教亦行矣。蓋養子而後教之，父道也。訓民必先利之，王道也。慮及此者，謂之軫民瘼、諳治體矣。

清知縣趙宏化《重修密雲志序》

康熙十二年

考周制，職方氏掌天下圖籍，外史掌邦國志，小史掌四方志，其疆域、人物、風俗不啻詳焉。漢唐以降，皆仿周制而爲之。我大清車書一統，詔郡縣修纂地志，著爲凡例，視前代爲益詳。蓋土地、人民、政事，邦國所寶，而識大識小，不如是不足以有傳也。

考古檀，夏屬幽州，秦漢爲漁陽，後漢爲安州。迨後，改屬不一，志亦無聞。自萬曆戊寅，諸城張君來宰兹土，爲國有史、家有譜，而邑詎可無志？於是周諮延訪，得邑人祝司寇所輯略而未就者，復加考訂，遂以成帙，相沿九十七年。其原梓模糊錯落，篇内多淆謬繁缺，文獻無徵，守土者責將焉辭？於癸丑孟夏謀於太學暨諸弟子員，考訂事實，疏類分門，始於天文，繼以地理，終以人事，凡爲綱者三，爲目十有八，閱兩月乃克就緒。所謂淆者清，謬者正，缺者備，繁者簡也。書成，將授諸梓。

余謂上古九州之史，墳典之書，《禹貢》職方之載以及司馬遷、班孟堅、范蔚宗輩諸家之史，

暨國朝《一統志》，無非據事紀實，以立天下後世之公論也，而豈徒哉？　檀雲名山大川爲冀北最，且兼鄒大夫之過化、竇諫議之遺風，其堪采録者固不乏人也。　然歷世久，則人物盛衰、丁口繁耗、貢賦增損與夫吏宦得失、風俗醇漓之類，不於此焉稽之？　孰從而知之？　此志之所以不容已也。　志以紀實，而或淆謬繁缺焉，安在其爲志耶？　余不文，特因其事覈其實，求無愧於公論已爾，奚容心哉？　他日，觀風者采焉，未必不以余言爲千慮之得也。　爰爲之序，以識其歲月云。

清山陰吴佐《郭應儒密雲志鈔序》

康熙五十年

密雲乃勝國之邊塞而三關之重地也，故任此土者必係先朝股肱、勛戚之臣。　督臣如劉應節、楊兆，副使如劉效祖，都護如戚繼光，邑宰如邢玠、張世則，聲稱至今藉藉也。　當斯時者，户口浩繁，賦役倍盛，大軍十萬雄鎮兹土，益以糧艘數百直汎城下，爲軍需計，且一時奉命絶域之臣、采訪輶軒之使，類多賢士大夫，有一至焉者，有再至、三至焉者，誠一大都會也。　追聖人出而四海一，百年之間，漠然徒見山高而水長。　欲問其人，而

遺老皆無在焉。蓋天地之平成久矣！

歲壬辰，余寄居密雲，攬山川之秀錯，念勝迹之存亡，恨力不能遍歷。竊念，至其地不得攬其勝，如寶山空手何？後此，恐無繼也。低徊久之，因念邑有志，所以志通邑事也，按籍而求，不差快卧游乎？遂索縣志而遍閱之。如户口之損益、賦役之增減，更换屢易，已不可因。至若通邑之勝景遺迹，如唐之高適、張説，宋之歐、蘇，元、明之諸公，皆炳炳人耳目者，何其所聞非所見也？余甚恨之，抑又疑之。况其魚魯莫辨，條目錯雜，一覽而不欲觀者乎？蓋邑之有志，猶國之有史也。有志而不詳，終不得謂之信志，與無志等。何其宜詳而竟不詳也？豈密邑乏賢士大夫乎？抑斷碣殘碑久没於荒烟蔓草中，而不可復迹與？顧檀山無恙也，白水如昨也。豈遺事之不可考乎？聞之「山有材，工則度之；賓有禮，主則擇之」，矧密邑歲爲天子駐蹕之地，游豫之暇，聖藻煌煌，昭回雲漢，儉親王龍潭之咏及諸王之什與？一時隨駕之名公鉅卿，覽古寄興，美不勝收，密雲又非别邑可比，志之不詳，又何以備

顧問而供采訪乎？抑亦彼都人士之羞也。

郭子應儒，博雅篤行，君子也。歲，與之游，因論及之，出其手録《志鈔》一集以示余，曰：「此吾歷數十年之購求。凡吾力所能至，縱荒碑殘簡、子史逸詩，取之無餘。或力不能至者，必謀諸人，雖山陬水隅，得其文始快。」可謂有心人矣！披閲之下，凡山川之勝概、城池之創興、文教武備之修舉、人民士澤之因革，與夫忠臣義士、緇衣黄冠可傳可誦者，無不悉載；一寺一觀，可述可志者，無不遍收；一邱一壑、一亭一軒，可喜可娱者，無不登記。一覽無遺，燦若星日，觀止矣！蔑以加矣！噫！郭子真有心人矣！賢乎哉！

今夫有一善，從而贊嘆之，又從而稱述之，終不没其所長，其人必爲良士。況一邑之志，寄民俗之盛衰，列賢智之觀感而？且體國經野、可大可久、宜因宜革，凡後人欲爲而未及爲者，前之人舉盡爲之，所係亦綦重矣！又非僅備學士之懷古選勝，供其游覽咏歌而已也。後有民社之責者，有志奠邦而知某地爲要區、某水爲衝塞，凡利

當興而害當除者，章程猶在，悉舉而遵循之。則是志之有俾於生民世世者，何莫非郭子之澤耶？郭子當與斯志不朽矣！是爲序。

清知縣薛天培《重修縣志序》 雍正元年

《密雲縣志》創自萬曆戊寅諸城張君，繼修於康熙癸丑壽陽趙君，已爲是邦故帙，余復何所事？伏念我世祖章皇帝定鼎以來，烽烟既靖，民歸樂土。又經我聖祖仁皇帝栽培涵濡者六十餘年，雖薄海内外、日月出没之所，罔不人安物順。矧其近在畿輔、翠華頻臨之地，時覲天子之光親，沐愛養之澤，山川人物豈有不倍增其盛者？憶癸丑距今五十年於兹矣，其間秀靈苞孕，忠孝節烈之炳蔚，稔知其偕氣運齊昌也。

己亥歲，余莅任兹土，見其地瘠民貧，差煩役重，農鮮常業，士多單寒。因念是邦倚山環水，實爲神京左輔重地，而凋敝未起，惄然憂之。及熟察民風，俗仍長厚，習尚端樸，絶無他邑囂凌浮薄之氣，則以數十年來雅化之淪浹者深且久也。

余久欲重編邑志，顧以鑾輿屢經，恪恭奔走，席不暇暖，繼復以代疱鄰邑不果。方今天子神

聖，甫膺大寶，以古北一路小民頻年供役，特恩蠲免本年錢糧，兼停北圍，省撤驛騎之半。大中丞李公仰體皇上子惠元元至意，攤丁歸糧，永甦民困，且約束旗商，調劑軍民，種種善政，弊絶風清。余乃得於簿書之餘，考之往古，采之群書，徵之耆宿。得邑人郭子文若《志鈔》一册，心焉喜之，而惜乎其人往矣。適吾鄉舊友陳君山公自滇如都，來吾署，因相與互證參訂，補輯其所未備。凡此邦上自行宫、橋梁、道路、堂奥、亭閣，宸章寶翰，焕日星而發山谷之光者，恭紀之。其邊臣之碩畫、文人學士之謳吟，一一搜羅，悉登紀載。至其城池驛堡，隨時變更，風土人物，不無屢易，一切注明，俾後之觀者展卷如指掌焉。他若厚風俗，崇禮讓，勤作育，於以潤色鴻業，歌咏太平，則余之早夜焦思、皇然靡及者爾。是爲序。

清知縣趙文粹《重修密雲縣志序》光緒七年

同治十三年七月，余始任。密雲，畿輔近郊，扼要中邊，誠重地也。政教之所宣布，典要之所設施，兢兢焉弗克是懼。乃考文徵獻，則前知縣事黄君宗敬在官時奉檄修志，蓋嘗延番禺張君鼎

華主筆，甫成地輿一圖暨圖説有差，張君旋擢翰林去。余方有志修輯，簿書鞅掌，刻無寧晷。光緒二年，乃延會稽孫君德祖，排比鱗次，都爲三十卷，子目咸備，采訪尚稽。三年十月，余調任東光，事復中止。五年，余既復任，越明年冬，復延安岳周君林竟其事。周君以十二月經始，逮今年正月，草創初成，余復調任甯河。兼攝密雲者爲北路廳鄭公沂，乃請於公，而留周君焉。二月，張君鈺既莅任，公復以周君屬之張君。至四月，全書始就。其分門別類，或因或創，紀載所及，或詳或略，具於自序，披文可省，無以贅爲也。余惟記其緣起、作輟，以見蕆事之不易，而因之重有感矣。

郡縣之志，政書之屬也。天之所覆，地之所載，凡爲郡縣所得而有者，大至體國經野，微至名物象數，并舉兼該，爲政之要於是乎著焉。今之禮樂政刑、田賦兵制列於案牘者，吏胥掌之，無所爲政也。今之文人，風雲月露，競托名流，上焉者比迹韓、歐，伊唔皓首歷朝掌故，鄙爲公牘，生平未嘗寓目，而吏胥遂得以其所能傲文人以所不

知，固文人之積弊而實天下大患也。

夫州縣所治者，天子之民。所以爲治者，禮樂兵刑之外無他政也。問之州縣，十得其五者鮮矣；問之吏胥，則十不失一矣。是爲政者州縣，而所以爲政者在吏胥，州縣徒拱手受其成而已。而欲興利除弊，施教化，重農桑，蘇子瞻所謂忽然倡建，自申論議，非觸戾人情、犯時之好，即膠固己見、滯古之法，爲患可勝道哉。誠有慨乎言之也！余蓋嘗持此論與周君商兑揚榷，周君亦頗韙其言。用是，討論篇章較舊志爲加詳焉。其案牘無徵者，則仍闕之。後之官斯土者，其亦有意於斯乎？願與二三君子共勉之。

補録縣令陳雄藩《新建密雲高等小學堂碑記》 光緒二十九年

西瀛五六大洲挾其驅水役火、走電嘘風之奇技，以肆其虎哮八荒、蠶嚙四海、席卷六合之雄心，日征而月邁，南噬而東吞，侵陵剥削而未有已。其人材累趾而駢肩，其藝術競奇而鬥奥，遂欲扼黄、黑、銅、棕人之吭而殽其肉，割亞、美、澳、非洲之壤而犁其庭。寰宇各殊域，國人相顧駭

愕，奔走喘汗，絶死盡氣以相格拒，毫毛曾不足遏其鋒。是豈有他哉？智慧闢而人材興，在都府市區之普設學校而已。考西制，雖鄉鄙必設學，無貴賤胥入之。六歲入小學，十四入中學，二十入大學，不入則罪其親。故人材盛而國運興，法綦善也。

我中國越夏迄周，學制寖備。其設教也，自都邑迄鄉黨，异其制。其立範也，自八歲逮十五，殊其程，而三年曰小成，九年則大成，由鄉、州遞選以登之王庭。一時俊乂朋興，重譯四届。降而

至戰國，先王學制稍稍崩隳矣，而諸子百家猶能各以學術鳴，以耀當時而式後世。嗚呼！何其盛也！自秦燔詩書而儒術晦，漢黜百家而諸子微。於是，對策變爲詞賦，策論代之時文，二千年來沿革變遷以迄於今，三代學制良模掃地以盡。且漢崇讖緯而民情僞，宋研空理而民智錮，任天甘愚，貽禍今世。國家一旦有事，遂無可用之人才，又何哀也！嗟呼！以若是學術、人才，猝與泰西縱横五方、凌厲萬國之人才遇，無惑乎喪師失地、納款請和、走且僵也。余傷之久矣。

二十七年辛丑八月二日，朝廷懲前失，詔天下興學校。翼歲癸卯，適奉檄權密雲，時上臺諸公尤以此爲兢兢。既視事，亟謀所以創興者。顧密山邑也，僻而癯，士族鮮而民俗蒙，殫竭血誠，經一載而功粗完。邑舊有書院一，凡增廳堂、齋舍、操場之屬都若干所，於是邑學立。復躬歷鄉婉導之，俾村各籌資，凡鄉設學都四十餘區，於是鄉學興。贏額萬而盈貸之商，息以資歲耗，更掇陋規中蠹以注不足，權經濟豫決度支，俾世守他，事無鉅細戒毋動。既就，邑人士請泐石。乃語衆曰：

「天下者，州縣之集也。小學者，大學之基也。泰西諸國之國强力脹、封割五洲者，人材茁而通國立學、學術普逮之爲功也。我國之日朘月削、傀若垂斃者，學制摧而養蒙乏基、人材窳落之爲害也。今朝廷普詔興學矣，願諸君勤始奮終，恢而日擴，爲一國效指臂而爲一邑造英雄。願諸生益進有功，毋以小學囿一隅，蘄蔚爲大學成材以導後生而邁前哲。馴而至以一邑人材捍一國，而國運龍驤、邦威雷振，徐以逞其揉搏大地、統括

瀛海之宏圖。上逾三代設學之隆，橫軼泰西人材鱗萃之盛軌。信若斯也，鄙人與有榮施矣！」

誓曰：虎狼奔突，龍蛇驚擾。堂堂帝國，人稱我老。印度波蘭，覆亡感悼。師友精神，家國之寶。抖擻熱心，沈摯冷腦。世界文明，英雄締造。人定勝天，奴彼族島。學生軍起，何仇不掃？

按：以前諸文皆關於地方政治，間有雜著，亦可藉覘風化，故列爲上卷。其泛然酬應或借抒論議者，文藻可觀，亦從割愛。

卷中删去趙南星《兵備道題名記》、黄煇《白檀書院記》、陳懿典《魁星樓記》、李掌圓《重修學宫碑記》四篇。至范司馬自記及墓表碑文等篇，雖出文章鉅公，究是私家紀述，故退列下卷。末卷詩古，亦同此意。匪敢武斷，恐乖志乘體例云爾。